O AMOR E DEPOIS

MARIANA IANELLI

O AMOR E DEPOIS

ILUMINURAS

Capa: *Contrastes* (1990) - Arcangelo Ianelli -
Pintura - Óleo sobre tela (200 cm x 160 cm)
Reprodução fotográfica da obra: Nelson Kon
Projeto gráfico: Mariana Ianelli / AA Design

Revisão:
Ramon Blanco Fernandez

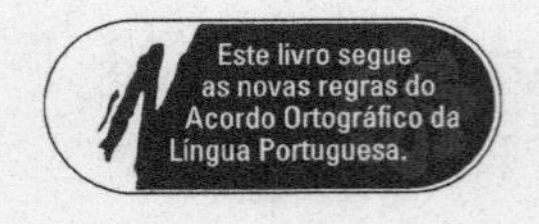

CIP-BRASIL. CATALOGAÇÃO-NA-FONTE
SINDICATO NACIONAL DOS EDITORES DE LIVROS, RJ

I16a

Ianelli, Mariana, 1979-
O amor e depois / Mariana Ianelli. - São Paulo :
Iluminuras, 2012, 1ª Reimpressão, 2013.
23 cm

ISBN 978-85-7321-395-9

1. Poesia brasileira. I. Título.

CDD: 869.91 CDU: 821.134.3(81)-1

13.08.12 17.08.12 038056

2013
EDITORA ILUMINURAS LTDA
Rua Inácio Pereira da Rocha, 389
CEP 05432-011 São Paulo SP Brasil
Fone. / Fax: 55 11 3031-6161
iluminuras@iluminuras.com.br
www.iluminuras.com.br

ÍNDICE

Neste lugar...13
Legião..15
Herança..17
Descobrimento..19
Composição..21
O amor e depois...23
Dádiva..25
Arca da lembrança..27
Nesta hora...29
Como quem pesca...31
Pedra de Sísifo..33
Fantasia..35
Miragem...37
Primeiro dia...39
Lírica..41
Os teus olhos..43
Campo de Cassianas..45
Ouro e púrpura...47
Os Patriarcas...49
Por um fio..51
Hospedeiros..53
Instinto...55
Semelhança..57
Desafio...59
Josafá...61

Dezembro.....63
Carta de Chankay.....65
Uma manhã.....67
Katia e seus brinquedos.....69
Mirada.....71
Na madrugada.....73
Fruto caído.....75
Dueto.....77
Poeta do campo.....79
Retrato de família.....81
Tigres brancos.....83
Rota 40.....85
Nosso Reino.....87
Uma flor entre as páginas.....89
Panorama.....91
Potsdamer Platz.....93

Amor, soberania e morte em Mariana Ianelli.....95
Posfácio por Contador Borges

Sobre a Autora.....111

Para Ramon, que traz o amor no nome

Devota como ramo
curvado pelos nevões
alegre como fogueira
nas colinas esquecidas,

sobre acutíssimas lâminas
em branca camisa de urtigas,
te ensinarei, minha alma,
este passo do adeus...

Cristina Campo

NESTE LUGAR

Nenhum traço de delicadeza,
Só palavras ávidas
E o tempo,
A devoração do tempo.

Um jardim entregue
Às chuvas e aos ventos.

O que para os cães
É febre de matança
E para um deus
Um dos seus inúmeros
Prazeres.

Caminhos de sangue
Onde reina o amor primeiro,
Morada de súbita
Ausência do medo.

Um despenhadeiro, o céu
E uma queda
Sem alívio de esquecimento.

LEGIÃO

As estátuas cobertas de hera
Os casulos debaixo da escada
O chão perigoso, esverdeado

Mas ninguém se lembra
Que em outros tempos
Coisas minúsculas se agarravam
E cresciam atrás dos reposteiros –

Toda uma orgia assim igual a essa,
De trepadeiras e crisálidas,
Uma legião de verdades escondidas
Que a seu tempo conquistaria tudo,
Rebentando a céu aberto, arremetendo
Sem mais fazer sombra pela casa.

HERANÇA

Não escolhemos voltar, ter as mãos
E os pés desatados, feito Lázaro,
O milagre do riso no fundo de um espelho
Onde se foram misturar pavor e náusea.

Outra vez e a cada passo às cegas,
Os filodendros até a porta de entrada,
Voltamos e a nossa maior fortuna
É um rescaldo de violentas tempestades.

DESCOBRIMENTO

Será como chegar extenuado,
Mas chegar,
Depois de uma viagem
Que foi quase sempre angústia
De se debater num mar adversário

E então o inexprimível
De pisar em terra firme
E ainda ser capaz do passo distraído,
Essa glória de juventude
De se deixar levar

E será algo tão novo
Como se nunca tivesse existido
Nunca tivesse nem mesmo
Sido desejado –

Um caminhar estrangeiro
Por entre o orvalho e a névoa,
Um frescor de primeiro dia,
Um momento sem passado,
A chance de tocar um mundo novo
Como dois azuis se podem tocar
Sem pecado.

COMPOSIÇÃO

A lenta e refinada arte
De fazer nascer um adágio –

Extrair o peso a cada pedra
E ver mais alto o edifício
A cada coisa abandonada
A cada rosto de si mesmo perdido –

Esse edifício transparente e musical
Onde se vê um pássaro sobre ruínas.

O AMOR E DEPOIS

Era esperado que aos poucos
Definhasse, fosse desaparecendo
Naturalmente levado pelo sono.
Era suposto que por abandono
Morresse –

E não teria o vento nenhum sentido
De ventura, seria apenas
A passagem de uma hora branca,
Entre outras tantas,
Para um coração manso
Que já nada espera nem recorda –

Como se o tempo não devorasse
Também o desconsolo,
E dele fizesse exsudar um leve perfume,
Como se não arrastasse
Cada corpo uma penumbra,
Como se fosse possível
Em vida a paz dos mortos.

DÁDIVA

Vem de uma extinta batalha
O calor dessa ternura
Que é uma espécie de cansaço.

Quando a palavra não ousa,
Conversam os nossos olhos
Sobre descampados, carcaças tristes,
Um cenário de fumaça
De uma devastação que nos deu
O ritmo e as razões de um salmo.

O que nos dizemos
Os amantes se dizem, os irmãos,
Os cúmplices numa atrocidade.

Dizem os olhos
A noite que viram do outro lado
E o translúcido,
Finíssimo domo de orvalho
Que começamos a ver (e nos envolve)
No começo de uma lágrima.

ARCA DA LEMBRANÇA

Um sol de opala se uma tarde é pasto da memória,
Uma luz de chá dourando o canto cego de uma sala
E sobre a mesa o espelho d'água

A ocasião do ato secreto

De repovoar veredas, antros, mirantes do passado,
Saudade que vai juncando de ramos, conchas e corais
Todo o imenso dorso de um barco naufragado.

NESTA HORA

O espasmo e um facho de luz
Embebido nos vitrais de um templo,
Ou talvez um dilúvio,
A voragem do estupro, e então
A calma trevosa debaixo d'água –

Algum arrebatamento
Algum sortilégio sobre a realidade
Que deixa um corpo lívido e cheio de glória
Como reminiscência de um bosque
Rebrilhando em noite de geada.

COMO QUEM PESCA

Esperar ainda é pouco.
Mais é esperar como quem pesca
Absorto entre dois céus –

Um barco fadado às trevas,
Feito para ser levado ao fundo
E o mar, desmesurado, não leva...

Serena e soberana fera
Que vem lamber as mãos de um homem
Por um instante e por obséquio.

PEDRA DE SÍSIFO

Ainda que tão longe no tempo
(Já quase adormecendo no mito)
Regressa agora num arrepio
O inferno que era rolar a pedra
Até o alto de uma colina

Quando nada na paisagem dizia
Que dali alguma coisa brotaria,
Além do infinito esforço inútil,
Que nasceria, sangrando em flor,
Esse tempo de agora, sem castigo.

FANTASIA

Depois da bruma que seduz ao erro
Depois da grande decepção e do escrúpulo
Mesmo que te doendo como a um animal
Perdido, arremessado no vazio de um campo,

Pudesse vingar pura a criança
No sopro que te deu vida, coração fremente,
Deslumbramento à margem dos abismos,
Um guizo de túrgidas estrelas e nada mais...

MIRAGEM

Existem ainda outras versões
Para o rumo de uma história,
Existem outros rumos, outros bailes da sorte –

O amor, até o amor existe,
Um lunático mendicante que vadia pela terra
À espera de outra chance –

E tudo não passa de um relâmpago,
A miragem do esplendor numa terra de cinzas,
O terror de se haver com as possibilidades mortas.

PRIMEIRO DIA

Não são os ossos de uma casa
Nem é a sentença de um fracasso
Que tudo se desfaça –

Se há uma tarde e uma manhã
Ali onde houve um massacre

Uma sombra movediça
Um indício de mariposa
Um olho que volta a se abrir

É a misericórdia.

LÍRICA

Chegasse antes da hora
Eu te veria
No ato que sempre só imaginei –
Tua forma estólida, absorta,
Possuída
De um saber que livro algum
Jamais te deu.

Sem tocar teu corpo cântaro
Provaria
O sangue da tua meditação,
E aquele rancor sequer perdoado
A um morto
Num amor rebentaria,
Alheio ao teu juízo,
Como quem canta à noite
À boca de um poço
E pela voz de um outro
É correspondido.

Assim eu revelaria
O teu amor aos assassinos
Precipitando-se
Num rosto compassivo
Que me recebe na hora certa

E permite
Que o meu pensamento
Penetre o teu sem relutância
E faça contigo
Irremediavelmente
O que só um poeta faz
Com as palavras.

OS TEUS OLHOS

Que estejam vivos em algum lugar
Os teus olhos –

Não importa onde se demorem,
Que coisas afaguem, que outras molestem,
Importa que estejam vivos e curiosos
Esses olhos

E olhem para dentro alguma vez
E o que vejam
Seja alguma força de sequóia
Presa à terra desde o império
De outros tempos

E seja ainda uma fonte de pedra,
Sejam águas correntes e o privilégio
De uma calma repleta
(O regozijo da sombra
Passado o terror das guerras)

Que dessa multidão, desse rubor de sumo
E segredo de floresta
Se encham os teus olhos,
E só então se esfumem, e só então se fechem.

CAMPO DE CASSIANAS

Eterna a tua juventude sobre a mesa
Que abdicou do triunfo sem orgulho
De todos nós que sobrevivemos
A pelo menos um desconsolo mortal.

Eterno o teu corpo adolescente
Se oferecendo num banquete divino,
Sendo envolvido, devorado lentamente,
Atraído por uma forma indestrutível de virtude.

Na tua imagem um sem-fim de sutilezas
Que não se apagam por falta de emoção,
Senão o contrário, que abrasam, que fustigam
Com uma beleza que nunca nos pediu retribuição.

É no mármore o teu busto querendo ser tocado
É no torpor à sombra de uma grande asa
Em um dos bíblicos jardins do oriente
A idade da inocência em que tua vida se calou.

Como a cada ano os lírios, os gladíolos,
Os cravos e os crisântemos, todos brancos,
Também o teu nome rebenta e se multiplica
Num imenso campo mágico de cassianas.

OURO E PÚRPURA

Agora um país de ouro e púrpura,
Outono de rosa mosqueta e de maçãs –
Não o paraíso que sonhamos uma vez
Apenas para inventar boas memórias –

Não é mais um êxtase de nossa lavra
Nem o disfarce de feridas bem guardadas
Por receio de munir com as nossas faltas
Um inimigo no sentimento do amante.

Não é mais deixar para amanhã
E amanhã sempre a mentira deslumbrante
De a um mínimo gesto de distância
Poder tocar o ideal de uma paisagem.

Já se foram todos os nossos truques,
Abandonados num tremendo acidente,
Numa tormenta, num incêndio, numa alma
Que foi picada em seu sono e despertou.

Agora um país de ouro e púrpura
E nós despojados, tontos de ar puro,
Recém-maduros para o amor sereno,
Nosso outono de rosa mosqueta e de maçãs.

OS PATRIARCAS

Nós que enlouquecemos de orgulho
Produzindo ferro e fazendo música,
Com que despeito vertemos nosso nojo,
Nosso uivo, nossa dor de criatura

E o que dizer do prazer subterrâneo
De atravessar desertos farejando sangue,
Qualquer coisa que se mova e resplandeça,
Uma infância para extirpar do mundo

E quanto ainda pode valer nossa aliança
Com o demônio do sarcasmo, essa jura
De um dia pousar sobre a nossa cara
O hálito quente do destino feito um lobo

Uma cicatriz feito um brasão de família,
Todos marcados, condecorados pelo crime,
Tantos filhos, tanta fúria depois
De termos gerado em nós os assassinos.

POR UM FIO

A casa deserta
Como se todos estivessem mortos.
Essa quietude de ápice consumado.
Um rastro de seda e a aranha
Numa dança mínima
Gozando a espera desapressada.

De tal modo sutil
Esse fio, esse elo com as coisas,
Que é real ondear pelos ares,
Gentil pedir licença às noites,
Agradecer pela acolhida
Ao corredor das velhas estátuas.

Uma bondade a salvo de explicações
Que este lugar exista,
Sendo tão mais humano
Que nada, mundo nenhum vingasse.
Uma beleza sem quem a perceba
Ser o fantasma desta casa.

HOSPEDEIROS

Como saber que era em nós
Esse animal de mansuetude,
Enormidade feita de clemência
E de veludo

E que podia viver por tanto tempo
Bem guardado sob a pele,
Espelho dessas criaturas
Abissais, meio fantásticas,
Que não conhecem a luz.

Que de todos os possíveis
Ficaria essa trilhada
Em que os pés vão sozinhos,
Sábios embrutecidos
De vasculhar entre despojos

Como tem as palmas calejadas
De enfeixar o trigo uma ceifeira,
Como tem o peito crestado
De se dar ao mar um pescador.

INSTINTO

Porque um dia te chamei
Para sempre me persegues
E já não me estilhaça
O quanto perco
Nem fingir que me despeço
Como se fizesse do silêncio
O véu de um corpo –

Porque de estar contigo
Já não me despeço –
Pode um remanso
Ir me tomando à força,
Ameaçando me chegar à boca,
Infinitamente mais escuro
E raptor, teu beijo é ósculo.

SEMELHANÇA

– E se a tua mudez
For a superfície de um lago
Que nada recusa refletir

E se eu ali mergulhado
Feito um cego
Compreender
Que o rosto que me falta ver
É este rosto
Que sempre te ofereço
Mas que frente a frente
Jamais encontrei

E se o pranto for a verdade
Do canto

O assombro de um horizonte
Tão brando
Que desde longe me obriga
A trazer à tona, um dia,
O teu rosto refletido –

DESAFIO

Um último olhar para os canteiros repisados,
Ainda isso te comove –

São coisas familiares que retornam,
Pequenas pedras, lâmpadas de um caminho,
Uma trilha sob o arco da folhagem
Como se apesar de tudo os mesmos passos,
A mesma ronda, o mesmo afogueado abrigo.

Provando o rumor dos interiores,
As cores sóbrias, o lado gótico da vida,
Pouco a pouco perdendo o fogo e o viço,
O desafio é quanto pode durar o teu sorriso
Contra toda a tua escória, as tuas derrotas,
No fragor dos estilhaços, algum brilho.

JOSAFÁ

Um trem some na noite,
Já não sabes
O que nesta viagem
Te aconteceu.

O olho cego de Deus
Ilumina os campos nevados,
A brancura de nada saber
Te faz bem.

Moves-te
Num ventre de áspide,
Move-te a vontade de outrem.
Tua complacência viaja.

Tua complacência,
Uma fúria
Que o vagar das sombras
Enterneceu.

Não há tua história,
Tua estrela no peito, teus bens.
Há um rosto fixo e mudo.
Teu nome é ninguém.

DEZEMBRO

Três e meia da tarde no relógio de parede
No fundo à esquerda de uma fotografia
E do teu rastro d'água contra um céu de dezembro
Nem o mais tênue vestígio.

Antes alguma âncora te prendesse.
Nada te prende. O que inspira
Não te move mas te apaga e dessedenta.
Um sol de dezembro. Um sol além do medo.

CARTA DE CHANKAY

De uma carta sem data de meu avô
Sobre as ruínas de Puruchuco, no Peru

Esse pouco roubado de uma urna
É quanto basta – esse pouco
Depurado de tragédia,
Um restante de partes desencontradas
Que produzem a saudade
Feito um cacho de uvas negras –

Fragmentos revolvidos, misturados
Ao prazer de ver nascer uma verdade,
A verdade de uma carta
Que escamoteia um século
E fantasticamente fala do presente
Como numa profecia desvendada.

Fala a carta de uma viagem a Chankay,
De um todo de areia e céu e, ao longe, o mar,
Fala de uma travessia no deserto
E do vaso de um túmulo violado
Por cujas fendas o vento silva num lamento
E nesse lamento um encanto mais potente
Do que a mágoa.

Arrepanhamos esses cacos magníficos,
Sem mais semelhança com o que morre,
Arrepanhamos de galerias profundíssimas
Um tempo já sem tempo de vaidades
E o sabor de roubar essa relíquia –
A saudade feito um cacho de uvas negras –
Nos ensina a gostar da nossa história.

UMA MANHÃ

Haverá nisso pureza, sob a luz
Que ainda nos chega
De uma estrela há anos extinta:
Duas sombras que se amam
Porque foi em outra vida
A encruzilhada
De irreconciliáveis diferenças.

Desabrochada da noite
Como de um combate imenso,
Uma centelha do princípio dos tempos:
Numa cama de escombros
Nosso abraço inevitável,
Nossa nudez sem vexame
No ermo das coisas desfeitas.

KATIA E SEUS BRINQUEDOS

Cinquenta anos desde aquele retrato
Num interior iluminado,
Um desastre revolveu a terra
E expôs a raiz de plantas altas e frias.

Os pés descalços na claridade líquida
De um jardim em chão de mosaico,
A mesma menina, a sempre viva,
Brincando a sério de reerguer sua morada.

MIRADA

Uma tarde amarela
E dentro a parede rasgada
Já sem as altas janelas
De onde se via lá embaixo
A conversa das estátuas
Com seus olhos de pedra
Infinitamente ausentes
De se haverem voltado ao passado.

Não ficou uma só alma atrás da porta
Nem as portas ficaram.
Os gradis, as lanternas, os pilares,
Foram-se as barricadas.
A vida agora acontece em outra parte –
Era a mensagem, e parecia leve,
Translúcida na tarde amarela
Feito uma casca de cigarra.

NA MADRUGADA

Se conheceu uma passagem
Ou se de dor alucinava,
A verdade é que se viu numa jornada
E, não pesando mais sua angústia,
Era suave, qualquer coisa como um nó

Se desatando, ver a si próprio
Num mirante e no horizonte
Apenas neblina sobre as casas,
Branca lã sobre todas as suas vidas
Já confundidas, remotas e perdoadas.

FRUTO CAÍDO

Um dia uma paragem
Um rendilhado de sombras
Uma fonte na canção das folhas
E nada mais tem a cor do luto –

Um dia um fruto caído
O licor ungido na língua
O sangue fabricando amor
A morte é um escarlate súbito.

DUETO

Nosso segredo de câmara
(Como o de tantos casais)
Seria o acordo de calar um morticínio
O mórbido prazer do gosto amargo
A farsa consentida
Uma legião de demônios
A cada gesto vagamente ambíguo –

Seria ainda o mais escuro,
Não fossem os nossos pés na água
Flutuando sobre as hidras,
A pele onde uma casa
Ao final de um longo exílio,
Uma cruzada de crianças, um dueto,
Nossa corola aberta a cada grito.

POETA DO CAMPO

Cada coisa que tocava era tocada com minúcia,
Toda a sua alma a escuta de uma carícia

Era agora um cego lendo o livro da sua vida –
Para trás ficava a roseira-brava com seus espinhos,
Já muito longe iam os atalhos, os artifícios –

Era agora onde o vento desimpedido vibra
E vibrava por dentro o arco do seu destino.

RETRATO DE FAMÍLIA

Nascidos da mesma árvore,
Do mesmo cheiro alcanforado
Dos bosques, do mesmo âmago,
Nunca antes estivemos tão próximos,
Mais fortemente atados do que por amor

Unidos a machadadas, amalgamados
Ao fim de tudo com brandura –
Esse perdão fora do alcance da palavra –
Todos radiantes, todos tão bonitos
No arrebol de um punhado de brasas.

TIGRES BRANCOS

Podemos ser pródigos
(Verdadeiramente pródigos)
E não voltar às mesmas velhas histórias,
Não recontá-las tantas vezes
Até que se tornem
As fábulas do medo,
Do desejo e da revolta
Em que se gastam mais uma vez
O nosso tempo e a nossa sorte –

Podemos ser aqueles
Que nunca mais retornam,
Os que merecem desta vez
O tempo presente –
A página imaculada –
Esse halo de majestade
Dos tigres à beira da extinção,
Sem rasto de vidas pregressas
E sem um fio de esperança.

ROTA 40

Iremos até a copa de árvores petrificadas
E sobre vértebras de centenas de milhões de anos.
Não será um idílio pastoril.

Sentiremos frio e tudo o que já suportamos
Será nada na alvura dessa terra
De turistas do abandono e da amplidão.

NOSSO REINO

Lembram eras antiquíssimas os nossos dias
Gravados na pedra num rasgo de navalha.
Aqui, o pouco que nos acontece
É alegria – uma riqueza de matizes
Que vamos descobrindo na cor da rocha.

Cabe num desconsolo do espaço o nosso reino,
Mas afinal um reino inteiramente nosso –
Uma abóbada de sombra e alguns ossos
E amanhã os nossos nomes lado a lado
Na parede de uma cela, como dois apaixonados.

UMA FLOR ENTRE AS PÁGINAS

E espalha os odores pela casa onde habitas, meu Deus.

Etty Hillesum

Olhai o jasmim como cresce
Entre o muro lamacento e o telhado,
Como continua a florir no meio dos campos gelados –

Nem o lírio dos Evangelhos
Nem a rosa branca de Rilke
Em todo o seu esplendor se vestiu como um deles.

PANORAMA

Já esquecemos o quanto foi destruído
Até que se abrisse essa paisagem –
Só o que vemos são essas formas escavadas pelo vento

A beleza de uma terra violada até a pureza –
Esse vazio das estepes onde nada cresce
Além de uma relva amarela que é pasto das ovelhas.

POTSDAMER PLATZ

Não desisto enquanto não encontrar a Potsdamer Platz.
(Asas do Desejo –Wim Wenders, 1987)

Novamente o mundo e tantos mundos,
Mais que um fundo de pântano e ruína,
A mandala dos anjos de Hildegard von Bingen
Sobre uma praça onde as distrações
Podem ser procuradas e conseguidas –

Aqui onde os caminhos se destrinçam,
Um mundo e a claridade do desejo
De alguém que muito longe e muito antes,
Recalcitrante entre os restos de uma guerra,
Tentado a desistir, não desistiu.

AMOR, SOBERANIA E MORTE EM MARIANA IANELLI

*Contador Borges**

I

Em tempos de saturação de linguagens e histeria de signos, a poesia parece constituir-se na melhor resposta à descrença de Pascal, para quem o homem só é capaz de coisas medíocres. É esta fé que o leitor vê renovada pela palavra poética e seu empenho em fazer tábua rasa dos sentidos, dos estereótipos, e deste modo recolocar na origem nossas relações com os seres e coisas e com a própria linguagem: "como a vida é grande quando meditamos sobre os começos! Meditar sobre uma origem, não é sonhar?"[1] Pois é este o movimento que demanda o poema quando a moeda dos signos se desgasta por tantas trocas simbólicas, por tantas perdas e danos na reiteração do mesmo pela comunicação cotidiana, pelo abuso da mídia, pelo oportunismo ideológico, enfim, confirmando a tarefa sempre urgente do poeta em "dar um sentido mais puro às palavras da tribo" (Mallarmé). É neste âmbito que o leitor estabelece um pacto com a poesia, sem o qual as vias de expressão da linguagem ficam obstruídas, sem oxigênio, sem liberdade, sem beleza. E se

[1] *Gaston Bachelard, La poétique de la rêverie. Paris: PUF, 1960, p. 94.*

a língua empobrece é a vida que sofre, e não se pode dar trela ao coração, isto é, às "razões que a própria razão desconhece", esta máquina por vezes limitante da sensibilidade e do pensamento. A comunicação poética, comunicação no sentido forte do termo, pelo contrário, nos coloca em comunhão com o Aberto, no dizer de Rilke, pois as relações que a poesia favorece e põe em jogo produzem novas apropriações de subjetividade, que por sua vez se objetivam em processos de afirmação da existência e da própria vida. É este estado de choque, este sentimento que abole toda indiferença, toda nulidade, que os poemas provocam. Jogo de sensibilidade, *sensibilia*, pondo a razão e, no limite, a *sapientia* em estado de alerta, em regime de desconfiança, de dúvida, de risco, talvez a mais radical das violências (e também a mais delicada e sutil) que a poesia exerce sobre os poderes do pensamento e da linguagem. Este passo além, para o olho duro e o saber pragmático, não será excesso, loucura? O que se pode produzir com isto? Ora, é primordialmente disso que se trata: a poesia nada produz a não ser a afirmação pura de si mesma, que pode ser entendida como uma soberania da inoperância. Mas desse modo o poeta evita repisar os signos à maneira da comunicação convencional, pois o mecanismo de repetição da atividade produtiva só serve para confirmar o que a cultura sabe de si mesma. O que ela nem sempre sabe ou não quer saber é que a poesia costuma girar em outra volta da espiral e surpreender os sentidos da língua. Por isso, a função do poeta é arejar a teia para o orvalho da vida e seu significado. "É preciso fechar soberanamente os olhos para ver melhor", diz o aforismo de René Char: *Treva alvorada*, não por acaso um dos títulos de Mariana Ianelli. São as condições que esta operação reúne para dignificar os fatos de linguagem e, quem sabe, reinventar algo para o homem, aproximando o saber do não-saber, o fundo do desconhecido onde jaz o novo, na célebre formulação de Baudelaire. Sem esta atividade, paradoxalmente inoperante e laboriosa, o homem desaparece debaixo da massa indiscriminada dos signos, como se as máscaras acabassem por devorar a substância de seu próprio rosto.

Falar da origem é o mesmo que falar da morte, já que os extremos só podem se comunicar com outros extremos e agenciar um espaço comum sem linha divisória: morte e vida refletindo-se mutuamente no espelho negro das palavras. É assim que o fim do poema recoloca o leitor em sua origem, refazendo o tempo todo este gesto de brincar de deus das pequenas e grandes coisas, entre o tudo e o nada, recorrentes de um mesmo jogo, de saber e não saber, de experiência e linguagem, de sombra e luz, resplandecência e aniquilamento, já que para o poeta (como para deus) não há diferença entre destruir e criar. Importa, aqui, lembrar a formidável intuição de Blanchot, segundo a qual a arte está numa relação constante com a morte. "Por que a morte? É que ela é o extremo. Quem dispõe dela, dispõe extremamente de si".[2] A implicância disso, na atividade do escritor, é que ele só consegue escrever se é "senhor de si diante da morte", se estabelece com ela "relações de soberania".[3]

II

Pensando nisso à luz da obra de Mariana Ianelli, vê-se que sua singularidade é forçar os sentidos a uma reinterpretação de si mesmos, vale dizer, da vida, do ser e suas relações, como que em um retorno ao desconhecido, colocando-nos em estado de nudez essencial *como se de novo pairasse / No mundo / A solidão do primeiro homem.*[4] Ou ainda, com demolidora delicadeza, nos aproximando da morte para celebrar a vida, ao mesmo tempo em que nos mostra não ser isto possível sem aceitar o próprio sofrimento: *Já varri todos os mortos, / Não há restos no chão. / Um quarto branco, uma cadeira, / O meu tempo é o presente, / Não tenho do que me queixar.*[5] Sim, porque o "presente" é o tempo de todas as operações poéticas. É nele que age o mistério da criação, que se pratica o rito de nascimento, de gozo e de sacrifício dos signos, que não é outro senão a atualização simbólica de nossas relações de vida e de morte com todas as coisas. Eis uma prova de fogo a respeito de como Mariana Ianelli se posiciona diante da contemporaneidade.

[2] *M. Blanchot, L'espace littéraire. Paris: Gallimard, 1955, p. 110.*
[3] *Id., ibid.*
[4] *M. Ianelli, Treva alvorada. São Paulo: Iluminuras, 2010, p.51.*
[5] *M. Ianelli, Almádena. São Paulo: Iluminuras, 2007, p.69.*

Contemporâneo, diz Giorgio Agamben, "é, justamente, aquele que sabe ver essa obscuridade, que é capaz de escrever mergulhando a pena nas trevas do presente."[6] Deste modo a poeta sonda o ser na linguagem, refazendo a trajetória do gesto inaugural do poema, que ao mesmo tempo participa de sua morte. Que se anuncie que o ponto alto desse trajeto vital é talvez a maior invenção da cultura: o amor.

Enquanto dura o ato criador, muito se sacrifica da linguagem: em poesia, a economia do texto não se faz sem as mortes dos sentidos efêmeros, dos lampejos, das aparições fortuitas, mas inebriantes, que desaparecem e, como os mortos, são matéria varrida para o silêncio, em que a palavra abortada, a página rasgada, a coletânea perdida, o livro impossível só encontram cumplicidade na passagem do tempo, isto é, no que este agente maior invisível tem a ver com a ruína e a consumação de si. Mas felizmente esse movimento também ocorre no prazer da relação do poeta com a obra, a escrita que lhe salva da ruína nessa dilatação do tempo na qual se adiam compromissos, congelam-se adversidades, todo o tipo de ameaça, de intervenção inoportuna, impelindo a obra para frente. A soberania do poema se manifesta: *Olho o escuro, olho os dias / e não preciso penetrá-los / para viver como quero.*[7]

[6] *G. Agamben, O que é o contemporâneo? E outros ensaios. Chapecó, 2009, p. 63.*
[7] *M. Ianelli, Trajetória de antes. São Paulo: Iluminuras, 1999, p. 135.*

Em *O amor e depois*, as questões acima referidas continuam sendo enfrentadas por Mariana Ianelli com a mesma nobreza e reticência, pausa necessária para que o leitor respire fundo e medite sobre a escrita. Neste livro, a gradação de sentidos sugerida pelo título tem a seu favor *um sol além do medo*: os instrumentos fornecidos pela poesia revelam-se em várias facetas nas quais se apresenta a luta do poema contra o tempo e o terror da ruína, e que Ianelli não mede forças para o enfrentamento, nem abre mão de recursos como a proeza de suas imagens, máscaras, e até mesmo a potência do falso, para utilizar uma expressão de Deleuze, o que na linguagem cria prodígios, interroga as sombras, penetra as frestas dos sentidos, se avizinha dos acordos e dissídios nos caminhos e descaminhos dos corpos, seus acertos e malogros. Eis o que implica a ousadia de *fazer silêncio*. O que pode ser mais verdadeiro? É nesse itinerário, por meandros inusitados entre as palavras e as coisas, que a poeta materializa *Um restante de partes desencontradas / Que produzem a saudade / Feito um cacho de uvas negras.* A não-cor age como um disparo de arma branca de lucidez poética alvejando a fruta no ápice do gozo e dando início ao "depois" do deleite. Esse movimento assinalando o lado extremo das coisas, o instante em que uma figura cumpre seu termo e resolve o acontecimento do ser na linguagem, seu tempo de nascença, maduração e morte, é também aquele que nos coloca na possibilidade de superação de todo limite, quando no ápice das relações os corpos se fundem na intensidade. Esse "quando" que anula no ato amoroso toda percepção do tempo se torna visível na trama poética como *sangue fabricando amor*, a parte cognoscível do imenso, que na imagem concilia o fisiológico e o ideal, pois não se pode se furtar a dizer que o "depois" do amor é a morte, *escarlate súbito*. Assim, voltar atrás não é mais possível, já que o paraíso termina onde começa o abismo, ocasião em que a pequena morte despossui o sujeito na consumação de si. "Como um amor acaba? – O quê? Ele então acaba?", pergunta Roland Barthes.[8]

Levando em conta a experiência vital do amor e da morte para a subjetividade, interrogue-se: quantas mortes tolera o amor? Será que a morte sucede ao amor porque o sujeito não suporta por mais tempo a preciosa saturação em que se encontra por força daquele? Será mesmo que a morte representa um limite em que a plenitude do amor se mostra intolerável? Mas isso não seria fazer pouco do amor, que é imenso ou não é nada? Ou então devêssemos conceber serenamente o amor e depois como movimentos distintos e complementares de um mesmo processo vital: *Era esperado que aos poucos / Definhasse, fosse desaparecendo / Naturalmente levado pelo sono / Era suposto que por abandono / Morresse* – A ênfase nos tempos verbais só reitera aquilo que já sabemos, por "suposto", e que a experiência humana testemunha de

[8] *R. Barthes, Fragments d'un discours amoureux. Paris: Seuil, 1977, p. 117.*

sobra, pois as operações amorosas preenchem a lacuna deixada pela atividade produtiva naquilo que a cultura instituiu como exigência do trabalho e dos dias. Para complicar, há o fator temporal, a legião de anjos vorazes agindo imperceptivelmente desde o nosso mais reles movimento, *Como se o tempo não devorasse / Também o desconsolo, / E dele fizesse exsudar um leve perfume*. Ao amoroso só resta este efeito, a forma que assumem propriamente a ruína e o desaparecimento do amor, ausência a qual, ligada ao fantasma, separa o sujeito (por um tênue fio) do ser amado.

O amor não deixa de ser um acontecimento que nos leva a reconhecer uma pluralidade de efeitos decorrentes de tudo o que somos, mas também de tudo o que nos falta, nos fragiliza, nos fratura, quando já não há mais lugar para o sujeito em nós mesmos. Assim, o "depois" se constitui como um efeito de morte dupla: do outro, que desaparece, e do sujeito esvaziado do amante, ou, talvez menos grave: do sujeito em frangalhos, minimamente falando.

Na outra ponta da meada, a poeta está em guarda diante da morte e, por amor às palavras, resgata a relação com a vida. Por isso, pensando no signo como um "véu pintado", na expressão de Barthes, a poesia renova os sentidos do ser: sem ela não há como resgatar a nudez perdida do que somos e não somos. E Mariana Ianelli pode então dizer que *Nem o lírio dos Evangelhos / Nem a rosa branca de Rilke / Em todo o seu esplendor se vestiu como um deles.* O movimento de vestir as coisas com signos e as relações forjadas entre eles e os referentes do exterior (se bem que neste plano o lado de fora da linguagem não existe), depende da aposta do poeta nas palavras, que também pode ser vista como um ato amoroso, seguido pelo inevitável "depois" que o conectivo "e" tão bem evidencia em flagrante ambivalência unindo e separando os elementos: amor / morte. É na perspectiva dessa barra ou fronteira que Mariana Ianelli insere o leitor, porque, no fundo, *Tudo não passa de um relâmpago, / A miragem do esplendor numa terra de cinzas, / O terror de se haver com as possibilidades mortas.* O que a imagem do relâmpago e da miragem esplendorosa ergue não é outra coisa senão o corpo extasiado pela experiência do amor, mas ao mesmo tempo submetido à intransigência e à danação do "depois", o terror da ruína. Georges Bataille por isso mesmo afirma que "apenas o sofrimento revela a inteira significação do ser amado"[9].

Mariana Ianelli sabe e mais de uma vez acentua: depois do amor a poesia é tudo o que resta ao poeta. É certo que ele tem a vida, mas, atendo-se às suas demandas, coloca-se na encruzilhada de todas as exigências que acabam por montar em seu corpo, se enrolar em seus braços, embaraçando, imobilizando imponderavelmente seus dias e noites. A vida segue seu curso. Mas a vida urge e não raras vezes exige excesso e paixão, porque a morte

[9] *G. Bataille, O.C. X, L'érotisme. Paris: Gallimard, 1987, p. 25.*

está sempre à espreita como uma mancha indelével em nossa trajetória de antes e de sempre. A vida (e o amor) se comporta como a hidra de Hércules, suplicando por algo maior com suas inúmeras, reincidentes cabeças. Por isso, se o poeta cede a esse movimento imperioso, já não escreve. Não se pode viver plenamente e escrever todo o tempo. Escrever é regime de desvio e como tal tem a ver com a navegação e não com a inexorável vivência. E para o escritor navegar é preciso. Verdade que a escrita é um fluxo entre outros, fluxo de vida, sem dúvida, e de grande intensidade, mas isso já é outra coisa. É como extrair o máximo da existência num mundo paralelo, jardim das delícias, jardim de ruínas. No fundo e na superfície, à flor da pele, a poeta sabe que em matéria de amor, não no sentido de *ágape*, o amor fraterno, inofensivo para si, mas no de *Eros*, o amor se revela encantatório e ao mesmo tempo perigoso, no qual o outro pode ser o estopim de nossa grandeza, mas também de nossa miséria. O problema é justamente este "depois", o tempo abissal que emerge do fim do amor, parecendo interminável, como exprime tão bem a formulação mística de Teresa de Ávila em seu "morrer de não poder morrer". Na perspectiva do apaixonado, este tempo parece muito maior do que o da plenitude do amor. Pequeno porque imenso, incomensurável enquanto vivo. Exatamente por isso, o amor escapa à medição do tempo, já que sempre o ignora. O que dizer diante desse "depois" pode começar com certa confissão de impotência (*adynamía*) em forma interrogativa: "e agora, José?"; ou então: "o que fazer, Josafá?", se parafrasearmos Drummond com o personagem lírico deste livro. Talvez preenchendo a lacuna como faz Ianelli, a lacuna que a vida deixa depois do amor, à qual somente a poesia responde. A poeta só conta com *O olho cego de Deus*, pois *move-se / Num ventre de áspide*, retrocedendo até os referentes mais toscos da animalidade, dir-se-ia, quando a vida natural começa, até a sofisticada e intrigante realidade das relações sociais e intersubjetivas, nas quais o sujeito é movido pela *vontade de outrem*. Mas por que outrem? Quando se vive no "depois" não se pode mais ser o mesmo, senão vários outros pela metade, aos pedaços de um eu multifário, tantos são os efeitos que assolam o lugar esvaziado do sujeito, mutilado desde a raiz dessa noção ideal pela mortificação voraz de *Eros*. É essa pluralidade de efeitos que a poesia reflete e que a voz de Mariana Ianelli traz à tona no rio caudaloso e certeiro de sua poética de múltiplas extrações ferindo de verdade os olhos do leitor. A respeito desse sujeito esfiapado é a poeta quem diz: *teu nome é ninguém*.

III

Assim, se a sem-razão tem um plano discursivo, é o da fabulação poética assolado pelas razões do coração e das outras formas de erotismo: sexualidade, erotismo sagrado, mancomunado com a violência e a morte. O espaço literário é desdobrado *in extremis* por sobre as lacunas deixadas pela vida, seus agentes e acidentes. Pois a lógica não explica isso. Um dos méritos de Wittgenstein é justamente o de ter delimitado o alcance da linguagem da razão, deixando de fora todo o inexplicável: o reino do silêncio ("o que não se pode falar, deve-se calar")[10], porque os campos da mística, da ética e da poesia transbordam os domínios daquilo que se pode atribuir rigorosamente aos sentidos da linguagem. Deste modo, os poetas respondem à contraluz da razão pelo que a razão não ousa fazer e a lógica só pode ignorar, manter à distância como se faz com os loucos, doentes e apaixonados. Não que a poesia se dedique a explicar essa matéria excedente de nós mesmos. A poesia só pode ser ela mesma, isto é, violentar com lirismo todas as coisas, todos os seres de linguagem. É assim que ela se exprime à deriva da comunicação cotidiana, da linguagem do senso comum, exatamente porque nos coloca em relação com o incomum, inusitado para nós. A poesia é essa "língua à parte que os poetas podem falar sem o risco de serem entendidos", como diz Jean Cocteau[11], não porque os poetas representam as elites que pretendem manter toda população restante à distância, à margem de suas operações soberanas, mas, ao contrário, porque a linguagem poética é sempre a última reserva de poder de que dispõem as formas simbólicas para a sondagem do

[10] *L. Wittgenstein, Tractatus Logico-philosophicus. São Paulo: EDUSP, 1968, p. 129.*
[11] *J. Cocteau. "Clair-obscure", in Poèmes. Paris: Rocher, 1984, p. 65.*

homem, livres da sujeição de outros discursos de poder (religião, política, ciência, mídia), provavelmente a única garantia de renovação da língua e dos valores humanos em favor da vida. Perigosos, os poetas? Mas não será mais usual (ou pragmático) dizer que não servem para nada? Obsoleta, ignorada, excluída desse mundo histérico, ruidoso, histriônico, a poesia acaba soando ainda mais estranha, mais fora de lugar e quem sabe por essa razão ainda pareça mais urgente. Não apenas ao leitor de poesia, mas potencialmente a todo ser sensível que abre um livro e lê.

Percorrendo *O amor e depois* em "dueto" com Mariana Ianelli, o leitor irá se deparar com *tigres brancos* no caminho sem perder a esperança, pois o que aqui se lhe oferece é a melhor resposta que a poesia pode dar: *Algum arrebatamento / Algum sortilégio sobre a realidade / Que deixa um corpo lívido e cheio de glória / Como reminiscência de um bosque / Rebrilhando em noite de geada.*

Ao aceitar o "desafio" de pensar (e dizer) o amor e depois, Mariana Ianelli nos aproxima do abismo, nos embrenha em selva escura na metade ou qualquer idade desta vida, a qual há que se atravessar a contento, sem temor, *no fragor dos estilhaços*. Quando encontramos uma poesia deste quilate, a tarefa já está ganha, inteiramente realizada. E, inspirados na sua coragem, talvez também devamos encarar o "depois" de nossas falhas e fracassos, de nossas perdas e danos, pois será hora de provar nossa têmpera domando a vida pelos chifres em sua luta desigual contra o tempo. A poesia nos oferece essa mestria de que fala Blanchot, nos pondo em guarda diante do pior, provando ser possível vencer o terror da ruína pela exposição à beleza de ser, ainda que a morte seja, no fundo, sua razão implícita. Nesse empenho é a potência de si que se atualiza, é o triunfo da vida ao menos gozado por um instante na intensidade da revelação poética.

IV

Uma ressalva, entretanto. Em geral, nossa aderência cega e irrestrita ao amor, e a seu apelo mais intenso, mais radical, a paixão, não é mérito da mestria, do controle absurdo do tempo diante da morte, mas prova flagrante de desespero, adesão metafísica, mitológica (o amor, diz Edgar Morin, é o único mito ao qual devemos sucumbir). Ama-se porque esta experiência desperta o sentimento de continuidade, da promessa de vida que nos é imanente e deste modo nos concebe plenos. O erotismo é uma resposta intensa que a experiência humana nos reserva como antídoto contra a morte, o que não se faz sem riscos. Enquanto resposta, também é provisório, já que para além da adesão mútua dos corpos em encaixe e conluio carnal, o amor só funciona mesmo num plano ideal e subjetivo. Alguma forma de morte, de perda ou ruína fatalmente irá surpreendê-lo na curva. A morte é a vitória do real sobre o sonho. Ela não deixa de ser a forma última que o amor adquire, como o terror que sucede à beleza, na elegia de Rilke, cuja fulguração máxima coincide com o começo de sua metamorfose: o terror que se pode suportar. Se o sentido da morte se torna belo na poesia é que ele evidencia o que há de mais intenso na beleza, quando ela agoniza e começa a esvanecer. Mas a possibilidade do amor por vezes parece subitamente cair do céu à maneira de uma corda ao alcance das mãos, uma corda à beira do abismo prometendo salvação. Eis nossa *ultima ratio* (intuímos), pois não há segunda chance. O problema, como se viu, é o "depois", que via de regra possui a singularidade da ruína e da consumação de si. É assim que debaixo desse jardim das delícias surge o fundo falso do abismo. Mas sempre nos resta a poesia, *um último olhar para os canteiros repisados*. O resto é silêncio, a matéria escura e represada do espelho do poema. Nele, Ianelli (e o leitor) se encontram mergulhados, *Como se fizesse do silêncio / O véu de um corpo*, simultaneamente protegendo e expondo a intimidade até o osso. É isso mesmo que o leitor tem em mãos: o véu pintado do poema, servindo-lhe também de escafandro para esse mergulho definitivo e necessário no amor e depois, armadura sutil contra a morte.

*__Contador Borges__ é poeta, ensaísta e dramaturgo. Publicou, pela editora Iluminuras, os livros *Angelolatria* (1997), *O reino da pele* (2003), *A morte dos olhos* (2007), *Wittgenstein!* (2007) e *A cicatriz de Marilyn Monroe* (2012)

SOBRE A AUTORA

Arquivo pessoal

Mariana Ianelli nasceu em 1979 na cidade de São Paulo. Poeta, mestre em Literatura e Crítica Literária, publicou pela Editora Iluminuras os livros Trajetória de antes *(1999),* Duas chagas *(2001),* Passagens *(2003),* Fazer silêncio *(2005 – finalista dos prêmios Jabuti 2006 e Bravo! Prime de Cultura 2006),* Almádena *(2007 – finalista do prêmio Jabuti 2008) e* Treva alvorada *(2010 – Menção Honrosa no Prêmio Casa de las Américas 2011).*

Em 2008, recebeu o prêmio Fundação Bunge (antigo Moinho Santista) – Literatura, na categoria Juventude.

Este livro foi composto pela *Iluminuras* e terminou de ser impresso nas oficinas da *Meta Brasil Gráfica*, em São Paulo, SP, sobre papel Off-white 80g.